Brandon Arias

CICATRICES

2

VEGA

Chapitre 7
CICATRICES

六慶酒居
SURP
SURP
SURP
SURP
SURP
ENCORE, S'IL VOUS PLAÎT !

KYONOSUKE !
LE FILM TIRÉ DE DOKI DOKI POWER LOVE PASSE CE SOIR AU CINÉ !
TROP BIEN ! FAUT QU'ON Y AILLE !
CiNE5

QUE COMPTES-TU FAIRE ?
LE POUVOIR ABSOLU DE L'AMOUR EST EN MA POSSESSION.
DOON
WOOooOOo.!
JE T'AVAIS DIT QUE CE FILM ÉTAIT GÉNIAL !!!
HA HA HA
CiNÉ 5
LE POUVOIR ABSOLU DE L'AMOUUUURRR !!!
HÉ, MAIS ÇA FAIT MAL !
DOKI DOKI

Z z z z
Z z z
HM !

AH...
KAORI...
KYONOSUKE...

ZUZI!
HAH!
HAF
HARF
HAF
HAH

ブランドンさん
SUPERMARKET
SUPERMARKET
ブランドンさん
JE TE PRENDS QUOI COMME CÉRÉALES ?
$3.50
4
QU'EST-CE QUE TU AS ?
C'EST KYONOSUKE ? JE NE L'AI PAS VU CE MATIN.
AH, OUI, N'IMPORTE LESQUELLES ...

...
SI TU AS LE MOINDRE SOUCI, TU PEUX M'EN PARLER, TU SAIS.
EN FAIT...
J'AI ENTENDU KYONOSUKE PRONONCER UN NOM DANS SON SOMMEIL... CELUI D'UNE AUTRE FILLE...
FAUT PAS TE TRACASSER POUR ÇA.
À MON AVIS, TU DEVRAIS LUI EN PARLER POUR DISSIPER LES INQUIÉTUDES.

SALUT ! UN COUP DE MAIN ?
JE T'AI ENTENDU SORTIR DEHORS CETTE NUIT.
TU... TU VAS BIEN ? T'AVAIS L'AIR D'AVOIR FAIT UN CAUCHEMAR.
NON, TOUT VA BIEN.
J'AVAIS JUSTE BESOIN DE PRENDRE L'AIR.

J'AIME TELLEMENT PASSER DU TEMPS AVEC TOI, KYONOSUKE !
JE...
KAORI...

KYONOSUKE...?
JE... JE VOULAIS SAVOIR SI TU...
SI ÇA ALLAIT ?
J'AI L'IMPRESSION QUE...
OUI, PROMIS, JE VAIS BIEN.
JE SUIS JUSTE UN PEU FATIGUÉ.
AH BON...
D'ACCORD.

IL FAIT UN PEU PLUS FROID CHAQUE JOUR, HA HA HA ...
ÇA TE DIRAIT QU'ON AILLE SE PRENDRE UN...
PROMETS-MOI JUSTE...
... QUE TU SERAS TOUJOURS SINCÈRE AVEC MOI.
JE TE LE PROMETS.

ZAAAAAAAA

ON SE MATE UN FILM ?
ALLEZ, POURQUOI PAS.
QUOI ?!! UN... POULPE QUI PARLE ?!!
HÉ, LA FERME ! NE CRIE PAS SI FORT !

TU M'AIMES ?
BIEN SÛR... POURQUOI CETTE QUESTION, D'UN COUP ?
MOI, JE T'AIME... BEAUCOUP.

JE...
JE NE PEUX PAS...

TU FAIS QUOI, LÀ ?
SHSSS
...
PMI !

TAP
TAP
TAP
TAP
TAP
HARF
HARF
HAF
TAP
HAH
HAH
HAH...

KYONOSUKE !
JE VEUX...
EXPLIQUE-MOI CE QU'IL SE PASSE !
JE...

TU ME DOIS LA VÉRITÉ !
C'EST MOI, C'EST ÇA ?
TOI, TU REGRETTES... ?
EST-CE QUE TU REGRETTES D'ÊTRE AVEC MOI ?

MOI... JE SUIS...
AMOUREUX DE TOI.
MAIS... DANS MA TÊTE, JE...
SNIF
SNIF
QU'EST-CE QUE JE DOIS FAIRE...?
SNIF

IL S'AGIT DE...
CETTE KAORI ?
...
COMMENT SAIS-TU ?
TU AS PRONONCÉ SON NOM DANS TON SOMMEIL...

OUI... C'EST ELLE.
QUI EST-CE ?
C'ÉTAIT MA MEILLEURE AMIE...
ET MON PREMIER AMOUR.

TU...
EST-CE QUE TU L'AIMES ?
ZAAAAZ!
JE...
DE TOUTE FAÇON, ÇA NE CHANGE RIEN.
KYONOSU-KEEEEE...!

HEY, KYONOSU-KEEE...!
KYOOOO-NOOOSUUU-KEEEEE !
BOUGE PAS ! J'ARRIVE. EN PLUS, J'AI...
GÉNIAL, ELLE EST LÀ !
ELLE VENAIT ME CHERCHER TOUS LES JOURS.
C'ÉTAIT LA PERSONNE LA PLUS GENTILLE QUE JE CONNAISSE.

C'ÉTAIT MA MEILLEURE AMIE.
ELLE ÉTAIT PLUS FORTE QUE MOI...
... ET ME PROTÉGEAIT QUAND JE ME FAISAIS EMBÊTER.
KYONOSUKE, JE... VOULAIS TE DIRE UN TRUC.
TU... TU ME PLAIS BEAUCOUP...
C'ÉTAIT... MON PREMIER AMOUR.

LES ENFANTS, VOUS ÊTES PRÊTS ?
UN JOUR, SA MÈRE NOUS A PROPOSÉ DE NOUS EMMENER AU CINÉMA.
OUI, MAMAN !
NOS PARENTS NOUS EMMENAIENT RAREMENT EN SORTIE.
ALORS, ON ÉTAIT EXCITÉS.
QUAND TOUT À COUP...
SKREEE !!!
LA VOITURE A VALSÉ DANS TOUS LES SENS.
MAMAN !!!

JE ME REPASSE SOUVENT LE FILM DE CETTE JOURNÉE DANS MA TÊTE.
À MON RÉVEIL, J'ÉTAIS À L'HÔPITAL, LA TÊTE COMPLÈTEMENT BANDÉE.
...
LES MÉDECINS AVAIENT GREFFÉ LA PEAU DE KAORI SUR MON VISAGE. ELLE ET SA MÈRE N'AVAIENT PAS SURVÉCU.

KYONOSUKE, JE COMPRENDS QUE TU TE SENTES LIÉ À JAMAIS À KAORI...
MAIS JE SUIS SÛRE QU'ELLE N'AURAIT PAS AIMÉ QUE TU VIVES ENFERMÉ DANS LE PASSÉ.
IL FAUT ALLER DE L'AVANT ET PROFITER DE CETTE CHANCE.
POUR TOI, POUR ELLE, POUR NOUS...

SNIFF
...

ZAA...
ZA...

Chapitre 8
CICATRICES

ZA!...
ZA!...
C'EST AIKO ?
LES ENFANTS !!! RÉPONDEZ !!!

TOUT VA BIEN ?!
...
JE CROIS QU'ELLE S'INQUIÈTE.
JE VOUS AI VUS SORTIR EN COURANT.
QU'EST-CE QU'IL SE PASSE ?
C'EST QUOI VOTRE PROBLÈME ?
RIEN DE GRAVE.
ON AVAIT BESOIN DE PARLER, C'EST TOUT.
ILS VONT BIEN, T'INQUIÈTE PAS...

HM !
SI PERSONNE NE VEUT RIEN ME DIRE...
ALLEZ, ON RENTRE À LA MAISON !

CLIN
CLIN
CLIN
CLIN
幸運と平和

JE SUIS DÉSOLÉE SI ON VOUS A INQUIÉTÉE...
SUR LA PLAGE.
J'AI CRU QUE VOUS ALLIEZ NOUS QUITTER.
...
...

MADAME AIKO, JE PEUX VOUS POSER UNE QUESTION ?
BIEN SÛR...
POURQUOI... VOUS NOUS AVEZ AIDÉS DANS NOTRE FUGUE ?
POURQUOI ? SEUL UN MONSTRE N'AURAIT RIEN FAIT.
AU CONTRAIRE ...
LA PLUPART DES ADULTES NOUS AURAIENT RENVOYÉS CHEZ NOS PARENTS.

QU'EST-CE QUE TU VEUX ENTENDRE...? VOUS ME RAPPELEZ MOI À VOTRE ÂGE...
TU SAIS, MOI AUSSI J'AI EU 16 ANS ET C'ÉTAIT COMPLIQUÉ.
1998
HAH
HAF
HARF
HAF

HOF
HOF
HOF
TAP—...
TAP—...
TA—...
!!
HAF
HAF
HAF
HAF
HAF

HAHAHA ! LA GROSSE S'EST RAMASSÉE !
HAHAHA !
LA PAUVRE ! HAHAHA !
HARF! HARF!
HARF! HARF! HARF!
HARF! HARF! HARF!
DING! DONG! DANG!

HEY !!
ÇA FAIT UN BAIL QU'ON NE T'A PAS VU PAR ICI.
...

BEN QUOI ? TU PENSAIS QUE J'AVAIS PEUR DE TOI OU QUE JE ME CACHAIS ?
J'ÉTAIS PAS MAL OCCUPÉ...
AH, PARCE QUE JE NE TE FAIS PAS PEUR ?!
AAAH! GAAH!
J... JE...
C'EST PAS CE QUE JE VOULAIS DIRE...

AHG...
HM...
AHH...
ÇA VA...?
HUH!
JE PEUX T'AIDER ?

AH... JE DEMANDAIS JUSTE...
PARCE QUE T'ES SALEMENT AMOCHÉ...
TU N'AS PAS MAL ?
NAN, JE VAIS SUPER BIEN.
MERCI DE T'ÊTRE INQUIÉTÉE, HAHAHA !
HAHAHA, C'EST RIEN, ÇA.
JE SUIS COSTAUD.
...

...
ALORS, DANS CE CAS...
EXCUSE, J'Y VAIS...
PAF PAF
ALORS QUE C'EST LA PREMIÈRE FOIS QUE QUELQU'UN SE SOUCIE DE MOI.
ET MERDE...
J'AI RÉPONDU COMME UN IDIOT.
HMM, ON S'EST PAS PRÉSENTÉS. MOI, C'EST KOICHI !
SINON, ÇA TE DIRAIT D'ALLER PRENDRE UNE GLACE ?
HEY !!! ATTENDS !!!
AVEC PLAISIR...

DANS QUOI JE ME SUIS EMBARQUÉ ?!
J'AI JAMAIS ÉTÉ SEUL AVEC UNE FILLE !
C'EST ÇA, UN RENCARD ?!
...

TU... T'AIMES... LA MU... LA MU...
?!
LA MUSIQUE ?
C'EST ÇA...
J'ADORE LA MUSIQUE PUNK.
C'EST PAS VRAI ?!
MOI AUSSI, J'ADORE !
TU CONNAIS "REFLUX" ?!
HAHA, OUI, JE SUIS FAN.
SÉRIEUX, ILS DÉCHIRENT TOUT, HEIN ?!

HM… J'HABITE ICI…
…
AH, OK !
ÉCOUTE, JE…
JE PENSAIS… ÇA TE DIRAIT QUE… QU'ON SE REVOIE POUR SORTIR DANS LE COIN… ET…

TU PASSES APRÈS LES COURS ?
OUI.
OUI, AVEC PLAISIR.

EUH... ELLES SONT POUR TOI...
EUH...
MERCI BEAUCOUP...
BON, BEN...
T'AS ENVIE DE FAIRE QUOI ?
HMM.

本屋S
パンク・ポップ・メタル・ロックな
IL EST DINGUE CE DISQUAIRE.
YO, AIKO ! ÇA ROULE ?
OUI ET TOI ?
BAH OUI, C'EST MÊME ICI QUE JE L'AI ACHETÉ.
GENRE... LE DERNIER ALBUM DE R.A. ?
PUTAIN, C'EST FOU, TU L'AS ?
CARRÉMENT, IL N'Y A QU'ICI QU'ON TROUVE DES IMPORTS DE PUNK ÉTRANGER.
50% OFF
PUNK ROCK
Reflux!
C.T.MS!

...
TIENS, ÉCOUTE ÇA.
KOICHI...
JE VOUS PRENDS "WE ARE NOTHING".
QUOI ? TU L'AVAIS PAS DÉJÀ ?!

HEIN ? C'EST... POUR MOI ?
TIENS... CADEAU.
C'EST SUPER CHER UN CD.
MAIS, C'EST TROP ! JE NE PEUX PAS ACCEPTER.
C'EST MON GROUPE PRÉFÉRÉ...
CARRÉMENT, JE VAIS L'ÉCOUTER DÈS CE SOIR !
S'IL TE PLAÎT, ÇA ME FAIT VRAIMENT PLAISIR.
SI TU PEUX, PENSE À MOI QUAND TU ÉCOUTERAS LA TRACK 10.

R.R.R
WE ARE NOT
R.R.R
WE ARE NOTHING
TRACK 10 :
DIE
ACCOMPANIED.
ARRÊTE
CETTE
MUSIQUE
HORRIBLE !
NAN !

J'AI ADORÉ TON CADEAU AIKO...
CE GROUPE EST DINGUE.
R.R.R
ALORS VOILÀ... BON, C'EST PAS UN NEUF MAIS IL EST DANS UN ÉTAT PRESQUE NEUF.
PENSE À MOI PENDANT LA TRACK 6.
R.R.R

TIENS, TIENS... MAINTENANT, ON OFFRE DES CD AUX FILLES, KOICHI ?
DONC T'AS DES THUNES ?
ÇA SERAIT BIEN QUE TU ME FILES CE QUE TU ME DOIS.
C'EST UN VIEUX CD, TU SAIS...
POUR TES SOUS, JE SUIS DESSUS...
HMM...

BA-A-AAM !!
GAAAH !
KOICHI !
POOOM !
HAA...

CHAZ!
!!
...
JE TE LAISSE JUSQU'À LUNDI !
T'AS CAPTÉ ?!
CRASH!
SINON, JE TE DÉROUILLE...
NEKO PUNK

Chapitre 9
CICATRICES

MAIS C'EST MIEUX SI ON NE SE FRÉQUENTE PAS... JE NE SUIS QU'UNE SOURCE DE PROBLÈMES.
JE SUIS DÉSOLÉ...
NON, KOICHI, ATTENDS !!

CLACK
AIKO, C'EST TOI ?
T'ES ENCORE ALLÉE CHEZ LE DISQUAIRE ?
NON, PAS CETTE FOIS...
BAH ALORS, C'EST QUOI CE CD ?

JE VOULAIS JUSTE VOIR S'IL MARCHAIT ENCORE.
QU'EST-CE QUE TU FAIS AVEC ÇA, IL EST SALE ET COMPLÈTEMENT RAYÉ, JETTE-LE !
TU AS SUFFISAMMENT D'ARGENT POUR T'OFFRIR DES CD NEUFS.
ON DIRAIT UNE POUILLEUSE QUI COMPTE SES SOUS.
QUE TU ES DÉSESPÉRANTE...
R.R.R
... AVEC TON GOÛT POUR CETTE MUSIQUE "PUNK" VRAIMENT AFFREUSE.
DÉSOLÉE, TATIE...

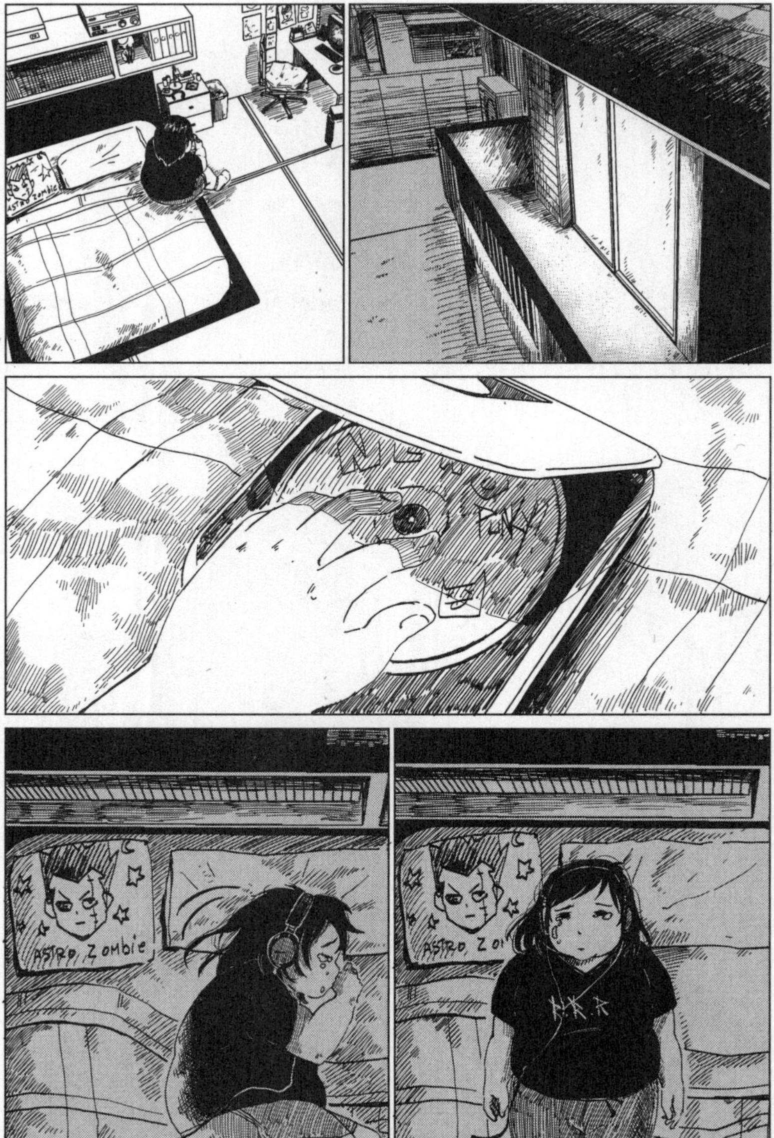
ASTRO ZOMBIE
ASTRO Zombie
ASTRO ZO

HEY, TOI,
FOUS-LUI
LA PAIX !!!
AIKO !

RELAX, Y A PAS DE PROBLÈME.
ELLE M'A REMBOURSÉ TA DETTE.
QUOI ?! C'EST PAS VRAI ?!
TU LUI AS DONNÉ COMBIEN ?
BEN... LES 30 000 YENS...
J'AVAIS ASSEZ D'ARGENT.
HEIN ?! MAIS JE NE TE DEVAIS QUE 10 000 YENS !
L'IMPORTANT, C'EST QUE TA DETTE SOIT ÉPONGÉE, KOICHI.
RESTONS-EN LÀ.

JE ME SUIS FAIT AVOIR BÊTEMENT...
JE NE SAVAIS PAS...
JE TE LES REMBOUR-SERAI.
LÀ, JE NE PEUX PAS... MAIS JE TE LE JURE.
L'ARGENT, ÇA NE COMPTE PAS POUR MOI, TU SAIS.
L'IMPORTANT ...
... C'EST TOI...

ALORS, CE N'EST PAS NÉCESSAIRE DE ME REMBOURSER QUOI QUE CE SOIT, VRAIMENT.
COMMENT PEUX-TU DIRE ÇA !!!
TU ES TELLEMENT GENTILLE... ET MOI JE NE SUIS MÊME PAS CAPABLE DE TE FAIRE UN CADEAU DIGNE.

AU CONTRAIRE, TU SAIS, TON CD MARCHE ENCORE...
J'AI ADORÉ LES PAROLES DE LA TRACK 6...
L'ENVIE DE FUIR, DE REFAIRE SA VIE DANS UN ENDROIT OÙ PERSONNE NE NOUS CONNAÎT...
EN L'ÉCOUTANT, J'AI SENTI QUE TOI ET MOI ON SE COMPRENAIT VRAIMENT...
COMME SI, PENDANT UN COURT INSTANT,
J'AVAIS ENFIN LE COURAGE DE PARTIR D'ICI...

JE RESSENS LA MÊME CHOSE...
... QUAND JE SUIS AVEC TOI.

MERCI POUR TOUT, AIKO…
ENCORE PARDON POUR TOUT À…
ARRÊTE DE T'EN FAIRE POUR ÇA.
L'IMPORTANT, POUR MOI, C'EST QUE TU SOIS HEUREUX.

AIKO, MAIS QU'EST-CE QUE VOUS FICHEZ AU MILIEU DE LA RUE ?
AH... TATIE...
VOUS ÊTES RENTRÉE TÔT, AUJOURD'HUI...
LUI, C'EST... C'EST...
C'EST QUI, CELUI-LÀ ?! TON PETIT COPAIN ?
EUH...
JE...
J'ESPÈRE BIEN QUE NON !
TU N'ES PAS ASSEZ BÊTE POUR CROIRE À ÇA...

COMMENCE DÉJÀ PAR TE CONCENTRER SUR TES ÉTUDES AU LIEU DE TE LAISSER ARNAQUER PAR DES DÉLINQUANTS.
TU VOIS BIEN QU'IL EST TROP BEAU POUR TOI.
RENTRE TOUT DE SUITE !
OU... OUI.
ET TOI ! NE T'AVISE PLUS DE L'APPROCHER.
JE VOIS CLAIR DANS TON JEU.
!?
TAP
TAP
TAP
JE NE COMPRENDS PAS, MADAME.
PRENDS-MOI POUR UNE IDIOTE ! AIKO EST BIEN TROP GROSSE POUR QU'UN MIGNON COMME TOI S'INTÉRESSE À ELLE... À PART POUR L'ARGENT.

VOUS ÊTES ABOMINABLE ! VOUS NE MÉRITEZ PAS L'AFFECTION D'AIKO.
TU CROIS QUOI, PETIT CON...
... QUE J'AI DEMANDÉ À M'OCCUPER D'ELLE ?
ÇA ME COÛTE UN POGNON MONSTRE !
C'EST PAS POUR QU'ELLE S'ACHÈTE L'AMOUR D'UN MERDEUX COMME TOI !
NE LA RECONTACTE PLUS JAMAIS, OU SINON J'APPELLE LA POLICE.

J'AI TOUT ENTENDU.
AIKO, LÀ, TU ES PRIVÉE DE SORTIE JUSQU'À...
J'EN AI PLUS QU'ASSEZ DE VOUS.
ET ÇA T'A OUVERT LES YEUX ?
ET VOUS PENSEZ QUE ÇA SERAIT PIRE ?
PETITE INGRATE.
SI JE NE T'AVAIS PAS RECUEILLIE, TU AURAIS ÉTÉ PLACÉE DANS UNE FAMILLE D'INCONNUS PROBABLEMENT SANS LE SOU.

PARDON ?
OUI, EST-CE QUE ÇA SERAIT PIRE...?
D'ÊTRE PLACÉE DANS UNE FAMILLE D'INCONNUS SANS LE SOU MAIS QUI POURRAIT PEUT-ÊTRE M'AIMER ?

QUI ME LAISSERAIT ÉCOUTER LA MUSIQUE QUE J'AIME.
QUI ME LAISSERAIT PARLER AUX GENS QUI S'INTÉRESSENT À MOI.
QUI ME LAISSERAIT ÉTUDIER LES MATIÈRES QUE J'AIME.
QUI NE VOUDRAIT PAS ME CHANGER EN UNE PERSONNE QUI LEUR FERAIT MOINS HONTE !
QUI NE CHERCHERAIT PAS À M'HUMILIER TOUT LE TEMPS !
QUI NE M'EMPÊCHERAIT PAS D'ÊTRE MOI-MÊME !

A N!

P
JE NE VEUX PLUS JAMAIS VOUS VOIR...
FILE DANS TA CHAMBRE !

POURQUOI ...?
C'EST INSUPPORTABLE...
JE N'EN...
JE VEUX M'EN ALLER...
BUAH
BUAH

AIKO.

C'EST QUOI ÇA, DANS TA MAIN ?
JE NE SAIS PAS, JE...
... SUIS FATIGUÉE...

JE COMPRENDS CE QUE TU RESSENS...
CHAQUE JOUR DE PLUS SUR TERRE EST UNE TORTURE, HEIN ?
C'EST PAREIL POUR MOI... ET SI ON PARTAIT TOUS LES DEUX ?
VIVRE ICI NE NOUS APPORTERA RIEN DE BIEN.
C'EST VRAI QUE JE N'AI PAS BEAUCOUP DE THUNES...
MAIS SI ON EST ENSEMBLE, JE SAIS QU'ON SERA HEUREUX.

...
ON IMPROVISERA POUR S'EN SORTIR.
JE PRÉFÈRE VIVRE DANS LA RUE QUE DE RESTER ICI SANS AVOIR LE DROIT DE TE VOIR...
MOI AUSSI...
WAOUH...

MAIS AU FINAL, VOUS VOUS EN ÊTES BIEN SORTIS !
LA SUITE N'A PAS TOUJOURS ÉTÉ FACILE MAIS ON N'A JAMAIS REGRETTÉ NOTRE DÉCISION.
ET AUJOURD'HUI, VOUS FORMEZ UN COUPLE TROP MIGNON. VOUS ÊTES UN MODÈLE POUR MOI.
JE N'OSE PAS IMAGINER LES ÉPREUVES QUE VOUS AVEZ DÛ TRAVERSER.
JE...
...
TON CAFÉ A DÛ REFROIDIR !
J'EN RELANCE UN !

JE COMPRENDS MIEUX POURQUOI VOUS NOUS AIDEZ...
MERCI DE NOUS OFFRIR LE SOUTIEN QUE VOUS N'AVEZ PAS REÇU.
J'ESPÈRE QU'ON SAURA S'EN MONTRER DIGNES ET QU'ON DEVIENDRA UN COUPLE AUSSI INÉBRANLABLE QUE LE VÔTRE.

MERCI, MADAME AIKO.
COMME JE TE L'AI DIT...
SEUL UN MONSTRE NE VOUS AURAIT PAS AIDÉS !
HAHAHA, VOUS AVEZ RAISON.
HEY ! REGARDEZ CES PETITES GRENOUILLES QU'ON A TROUVÉES !

REGARDE, ELLES ONT LES YEUX ROUGES !
TROP MIGNONNES ! KYONOSUKE EN AVAIT PEUR AU DÉBUT, MAIS...
KOICHI !
TU SAIS QUE CES BESTIOLES...
ME FONT PEUR...
SI TU LES LAISSES ENTRER...
OH !
...
CROAC!
AAAHHH !!!
JE VAIS VOUS TUER !!!!!

Chapitre 10
CICATRICES

ON VA À LA NEIGE, ON VA À LA NEIGE ! C'EST GÉNIAL !
JE POURRAIS T'APPRENDRE À SNOWBOARDER COMME UN PRO.
SI ÇA TE DIT...
J'Y SUIS JAMAIS ALLÉ ! C'EST LA PREMIÈRE FOIS QUE J'EN VOIS.

GENRE T'ES VRAIMENT BON ?
UN PRO, JE TE DIS...
WAOUH ! C'EST TROP BEAU.
KOICHI, TU POURRAIS ME MONTRER LE SNOWBOARD MAINTENANT ?
PAS DE SOUCI.
VOUS VENEZ AUSSI ?

ON SE RETROUVE À LA CAFÉTÉRIA.
FAIS ATTENTION À NE PAS TE CASSER UN TRUC LÀ-HAUT !
T'INQUIÈTE ! À TOUTE !
NON, MERCI, JE DOIS ALLER FAIRE QUELQUES COURSES.
JE T'ACCOMPAGNE.
ZASHHH!

ZAZ !
WOOOOO...
KYONOSUKE, T'ES PRÊT ?
PLUTÔT DEUX FOIS QU'UNE !
BIEN. D'ABORD, ON VA TESTER TON ÉQUILIBRE.
OKAY !

MINI STOP
HEY, TU CONNAIS CE MANGA ?
OUI, C'EST UNE DES SÉRIES QUE JE SUIS .
SÉRIEUX ?
TU VAS ALLER VOIR LE FILM LIVE PRÉVU L'ANNÉE PROCHAINE ?

AKIRA !
ON Y VA !
J'AI GRAVE HÂTE QU'IL SORTE.
ÇA MARCHE...
ON VA SE REVOIR, JE SUIS DANS LE COIN.
BON... FAUT QUE JE FILE.
AKIRA !
J'ARRIVE !
AH... OU... OUI.

PAF !
TRÈS BIEN ...
HELP !
VOILÀ ! VOILÀ !
BON ! ON REMET ÇA !
TRÈS BIEN ! COMME ÇA !

OH NON !
ZAASH
ZKL...
DÉSOLÉ, PETIT !
TU N'AS RIEN ?
NON, ÇA VA.
...
BAH QUOI ?
JE T'AI FAIT MAL ?

QU'EST-CE QU'IL Y A, MON CHÉRI ?
LE VISAGE DU MONSIEUR ME FAIT PEUR.
MAMA-AANN !!!
ALLEZ, LES FILLES DOIVENT NOUS ATTENDRE.
FAIS PAS ATTENTION...
C'EST QU'UN GAMIN.

PANORAMA ROOM
AIKO !

AKIRA !

KYONOSUKE.
JE TE PRÉSENTE DAICHI.
JE L'AI RENCONTRÉ À LA SUPÉRETTE.
BON, JE DOIS Y ALLER.
ON POURSUIVRA LA DISCUSSION LA PROCHAINE FOIS.
SALUT !

C'ÉTAIT QUI, CE TYPE ?
ALORS, LE SNOWBOARD, ÇA A DONNÉ QUOI ?
UN GARÇON QUE J'AI RENCONTRÉ AU MINISUPER.
BAH, JE TE L'AI DIT...
HEY... VOUS VENEZ ?
LE SERVEUR A UNE TABLE POUR NOUS.
POURQUOI ? ÇA T'ENNUIE ?

JE NE SAIS PAS VOUS, MAIS JE ME SUIS RÉGALÉ !
SI ÇA VOUS DIT, ON Y RETOURNE DEMAIN.

TU VAS SANS DOUTE ME DÉTESTER POUR L'AVOIR TUÉ...
JE T'ATTENDRAI...
JE VAIS AUX TOILETTES.
PAM
C'EST JUSTE UN AMI.
AKIRA A LE DROIT DE FAIRE CE QUI LUI PLAÎT...
POURQUOI CELA M'ÉNERVE-T-IL AUTANT ?

TU...
... ES CONTRARIÉ ?
J'AI L'IMPRESSION QUE TU ES JALOUX...
... QUE JE ME SOIS FAIT UN AMI ?
NON, NON... ENFIN... SI.
MAIS C'EST JUSTE MOI QUI SUIS STUPIDE.
ÇA M'A SURPRIS.

ARRÊTE, C'EST À MOI DE TE DEMANDER PARDON...
TU N'AS RIEN FAIT DE MAL.
JE...
DÉSOLÉE DE TE FAIRE DE LA PEINE.
HAHAHA, KOICHI EXAGÈRE !
C'EST VRAI QUE TU SNOWBOARDES COMME UN DIEU ?
TU APPRENDS AUX CÔTÉS D'UN GRAND MAÎTRE DU SNOWBOARD.
NE SOIS PAS MODESTE.

AAAHHH, JE TOMBE DE SOMMEIL...
NOUS, ON FILE AU LIT, LES ENFANTS.
QU'EST-CE QUE TU FAIS ENCORE EN PYJAMA ?
HEY... MOLLO SUR LE DESTROY, IL N'EST QUE 6H DU MAT !
KOICHI, C'EST L'HEURE DE SE LEVER...
OUI MAIS J'AI UNE TONNE DE CHOSES À APPRENDRE, MOI !
TU PARLES DE VA-CANCES...

POM!
HA HA HA !
YOUHOU... L'ÉLÈVE A DÉPASSÉ LE MAÎTRE !
FORCÉMENT, JE SUIS CREVÉ MOI...
GOSSE INGRAT !

ON A FAIT UNE COURSE JUSQU'EN BAS...
ET KOICHI S'EST RAMASSÉ !
JE TIENS À DIRE...
... QUE J'AI BUTÉ SUR UNE BRANCHE ENFONCÉE DANS LA NEIGE.
J'AI RIEN VU, MOI.
TU PARLAIS D'UNE PLAQUE DE GLACE !
UN PROBLÈME, KYONOSUKE ?
DEPUIS CE MATIN,
J'APPELLE AKIRA ET JE LUI ENVOIE DES MESSAGES...
MAIS ELLE NE ME RÉPOND PAS... C'EST ÉTRANGE.

AH, ENFIN TU RÉPONDS ! ÇA VA ?
SALUT, KYONOSUKE.
OUI OUI, TOUT VA BIEN.
TU ES OÙ ?
TU AVAIS ÉTEINT TON PORTABLE ?
DÉSOLÉE, EN PASSANT À LA SUPÉRETTE, J'AI RENCONTRÉ DAICHI ET SES AMIS...
ET ILS M'ONT INVITÉE À FAIRE UN KARAOKÉ. IL FAUT QUE TU VIENNES !
T'ES PARTANT, HEIN ?
EUH...
OK.
SUPER, JE T'ENVOIE L'ADRESSE.

ALORS ?
ELLE EST À UN KARAOKÉ AVEC DES GENS.
ÇA DOIT ÊTRE FUN !
TU LA RETROUVES ?
J'Y VAIS LÀ !
OK, MOI JE RESTE FAIRE QUELQUES DESCENTES SOLO.
AMUSEZ-VOUS BIEN !
COMPTE SUR NOUS, À TOUTE !

KYO !
TU ES LÀ, ENFIN !
VIENS, JE VAIS TE PRÉSENTER !
SALUT.
SALUT.
HEY LES GARS, VOICI KYONOSUKE...
MON COPAIN.

JE SORS UNE MINUTE.
UN PROBLÈME ?
カラオケ
AKIRAAA ! C'EST TA CHANSON !!
NON, J'AVAIS JUSTE BESOIN DE PRENDRE UN PEU L'AIR.

J'ARRIVE !
ON FERAIT MIEUX D'Y RETOURNER.
IL FAIT FROID.
J'AI MAL À LA TÊTE ET AU VENTRE.
LE SNOW C'EST CREVANT, TU SAIS...
VAUT MIEUX QUE JE RENTRE.
AH BON... C'EST TRISTE.
JE ME FAISAIS UNE JOIE DE PASSER LA SOIRÉE AVEC TOI.
AKIRAA !
TU VIENS CHANTER OU BIEN ?
OUI... ATTENDEZ-MOI.

C'EST COUILLON AUSSI DE FAIRE ÇA !
AH TIENS... KYONOSUKE !
EUH...
VOUS RENTREZ TÔT !
DIS-MOI, TU NE SERAIS PAS UN PEU SAOUL PAR HASARD ?
HEIN ?
NAN... QU'EST-CE QUI TE FAIT DIRE ÇA ?
PEUT-ÊTRE PARCE QUE TU BAFOUILLES ET EMPESTES L'ALCOOL !

ON NE BOIT PAS À TON ÂGE !
T'AS QUOI DANS LE CRÂNE, KYONOSUKE ?!
VOUS...
VOUS ÊTES PAS MES PARENTS, VOUS N'AVEZ RIEN À ME DIRE !
TU PARLES PAS COMME ÇA À AIKO !
QU'EST-CE QU'IL SE PASSE ?
NOT!

NOT
AKIRA, TE VOILÀ ENFIN !
MAIS TU ES IVRE !
TU AS FINI PAR TE LASSER DE TON NOUVEL AMI ?
QU'EST-CE QUE TU RACONTES ?
JE PARLE DE...
... DE CE TROUDUC AVEC QUI TU FRICOTES !

SLAAP!

Chapitre 11
CICATRICES

SKREE

カラオケ
カラオケ
BONJOUR.
BONJOUR, BIENVENUE.
JE SUIS DÉTECTIVE PRIVÉ.
JE RECHERCHE DEUX JEUNES QUI ONT FUGUÉ DE CHEZ EUX.
ILS S'APPELLENT AKIRA ET KYONOSUKE.
VOUS NE LES AURIEZ PAS VUS ?

T'ES VRAIMENT TROP BÊTE...

PAM !!
OÙ EST PARTIE AKIRA ?
JE NE SAIS PAS.
ELLE NE M'A RIEN DIT.

JE CROIS QU'IL VA TE FALLOIR PLUS QUE DES EXCUSES LÀ !
OUAIS, BAH, ÇA SE COMPREND.
ACHÈTE TES PROPRES BIÈRES... CELLES-LÀ SONT À MOI.
AH !
ET SI TU VEUX À NOUVEAU TE BOURRER LA GUEULE...

UN MESSAGE DE DAICHI ?
Salut Akira, Karaoké demain à 17H00 !

AKIRA !
TIENS !
MADAME AIKO, VOUS ALLEZ SURFER AUSSI ?
...
MOI AUSSI J'AI ENVIE D'APPRENDRE ...
C'EST GÉNIAL !
J'ESPÈRE QUE VOUS ALLEZ AIMER ÇA !
ET TOI ? TU AS VU KYONOSUKE ?

...
AH... NON...
VIENS AVEC NOUS ALORS...
TE CHANGER LES IDÉES !
MMM... C'EST GENTIL DE PROPOSER.
MAIS J'AI BESOIN D'ÊTRE UN PEU SEULE.
ELLE A L'AIR VRAIMENT TRISTE...
C'ÉTAIT PAS JUSTE UNE PETITE DISPUTE, CETTE FOIS...

AKIRA !
S'IL TE PLAÎT, PARLE-MOI !

JE SUIS DÉSOLÉ POUR HIER SOIR !
J'AI MAL GÉRÉ LA SITUATION !
MAIS TU ES LA SEULE PERSONNE QUI SE SOIT JAMAIS INTÉRESSÉE À MOI.
APRÈS MON ACCIDENT, JE NE PENSAIS JAMAIS RENCONTRER UNE PERSONNE TELLE QUE TOI.

ET AUJOURD'HUI, JE SUIS TÉTANISÉ À L'IDÉE DE TE PERDRE ET DE ME RETROUVER À NOUVEAU SEUL.

KYO...

JE SUIS LÀ... JE SUIS LÀ.
ME QUITTE PAS, AKIRA...
ALLEZ VIENS, IL NEIGE BEAUCOUP.
AH, C'EST VRAI...
OUI, ON DEVRAIT BOUGER D'ICI.

MM...
POUR MOI, CELUI À L'ORANGE.
?
!!
LES JEUNES !!!
DE NOUVEAU RÉUNIS ! ÇA FAIT PLAISIR DE VOUS VOIR RÉCONCILIÉS !

?!
?!
TAP !
NE VOUS DISPUTEZ PLUS JAMAIS, C'EST COMPRIS !
C'EST QUOI ?
...
???
ON S'EN CHARGE AVEC PLAISIR !
AH !
LA LISTE DES COURSES POUR LE DÉJEUNER.
AVEC DE QUOI PAYER.

CELA VOUS FAIT 2500 YENS.
新 おにぎり
ÇA Y EST, ILS COMMENCENT "DON'T LOVE ME".
...
CONNAIS PAS DU TOUT.
C'EST LA NOUVELLE SÉRIE DE L'AUTEUR DE DOKI DOKI POWER LOVE.
ÇA A L'AIR GÉNIAL, PAS VRAI ?

KYONOSUKE, TU DEVRAIS LA LIRE.
C'EST UN PEU LA STAR MONTANTE.
OUI...
JE LIS TOUT DE CETTE AUTRICE...
TOUT CE QU'ELLE ÉCRIT EST ADAPTÉ EN ANIMÉ. "DON'T LOVE ME" EST MÊME DÉJÀ ANNONCÉ.
ALORS QUE ÇA COMMENCE À PEINE ?
OUAIS, ELLE EST GRAVE COTÉE MAINTENANT !
EXCUSEZ-MOI, LES JEUNES !
VOUS AURIEZ PAS OUBLIÉ UN SAC DE PROVISIONS ?

OH, PARDON, C'EST LE NÔTRE...
TU SAIS, J'AI VU QUE TU ÉTAIS JALOUX !
JE COMPRENDS PAS POURQUOI ELLE KIFFE UN FREAK COMME TOI.
MAIS TU N'AS AUCUNE CHANCE CONTRE MOI !
AKIRA ME PLAÎT BEAUCOUP !
J'AVAIS OUBLIÉ LA BOUFFE.
LA HONTE.

T'ES UNE GEEK COMME MOI, EN FAIT !
HA HA HA !
LE MANGA PASSE AVANT LA BOUFFE, HAHAHA.
HAHAHA !
T'AS CHOISI QUOI COMME FILM ALORS ?

ALORS C'EST MOI QUI CHOISI !
J'ARRIVE PAS !
JE BUGGE TOUJOURS QUAND J'AI TROP DE CHOIX.
TU N'AS AUCUNE CHANCE CONTRE MOI !
T'AS L'AIR PAUMÉ DANS TES PENSÉES.
ÇA VA ?

ON SE LE MATE, CE FILM ?
NON NON. TOUT VA BIEN.
OKAY.
SALUT SALUT !
ÇA A ÉTÉ POUR VOUS ?

BAH OUI ET VOUS ?
AU TOP !
AH, JE CRÈVE DE FAIM. AIKO...
JE PRÉPARE À MANGER DANS UNE SECONDE.
OUI !
DAICHI NOUS PROPOSE UN KARAOKÉ EN FIN D'APRÈS-MIDI.
IL A DIT QU'IL VOUDRAIT APPRENDRE À TE CONNAÎTRE.
T'EN DIS QUOI ?
CARRÉMENT.
ÇA MARCHE POUR MOI.

C'EST QUOI CETTE TÊTE ?
T'AS PRESQUE PAS SKIÉ DE L'APRÈM'.
AH, DÉSOLÉ...
J'AI JUSTE UN PEU MAL AUX JAMBES.
AHH...
T'AS PAS L'HABITUDE, C'EST NORMAL !
OUI...
ÇA DOIT ÊTRE ÇA...

BON.
JE VAIS ALLER ME REPOSER UN PEU.
ON SE VOIT PLUS TARD.
OKAY, FAIS PAS UNE TROP GROSSE SIESTE.
AH NON, NE ME LAISSE PAS SEULE AVEC LUI, IL EST NUL COMME PROF !
J'SUIS RENTRÉ !
AKIRA, T'ES LÀ ?

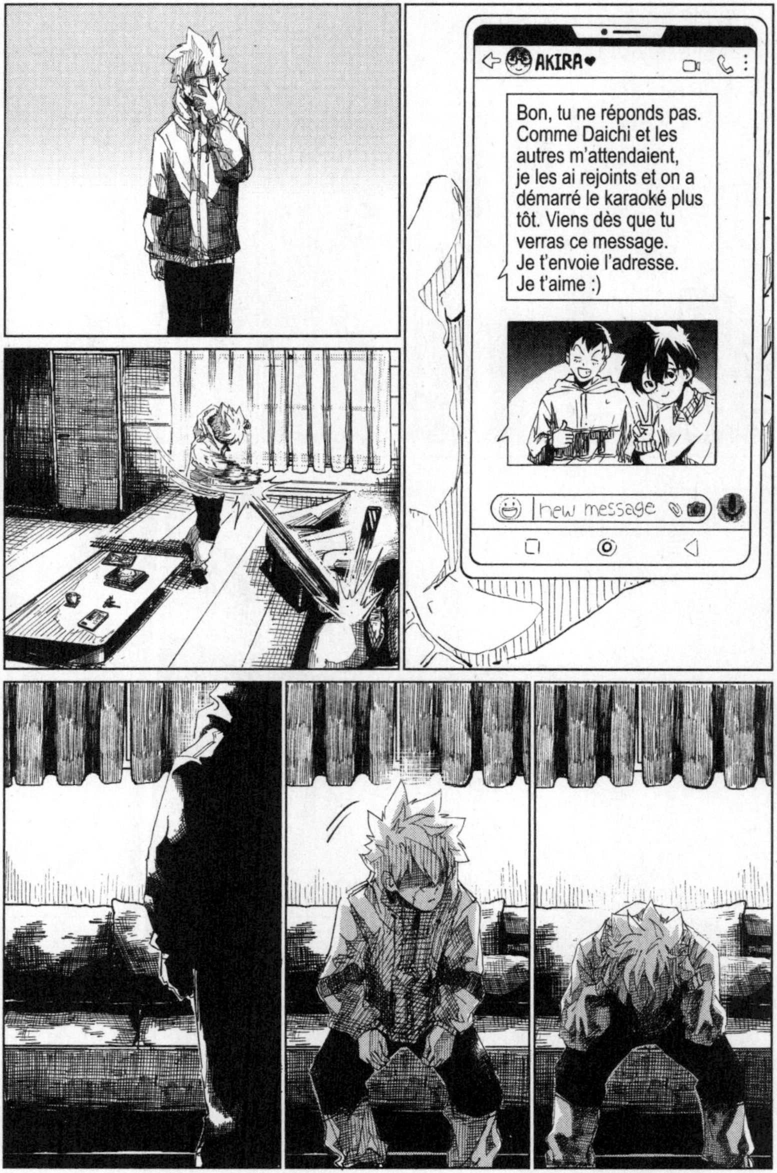
AKIRA
Bon, tu ne réponds pas. Comme Daichi et les autres m'attendaient, je les ai rejoints et on a démarré le karaoké plus tôt. Viens dès que tu verras ce message. Je t'envoie l'adresse. Je t'aime :)
new message

カラオケ
カラオケ
ET AKIRA ?
ELLE EST OÙ ?
ELLE EST SORTIE.

IL NE VIENDRA PEUT-ÊTRE PAS. VAUT MIEUX RETOURNER À L'INTÉRIEUR.
ÇA M'INQUIÈTE...
IL NE RÉPOND PAS À MES APPELS.

T'ES ENFIN LÀ, KYONOSUKE !
JE COMMENÇAIS À M'INQUIÉTER.
MAIS... QU'EST-CE QUE...?
TU BOIS ENCORE DE LA BIÈRE ?
ÇA VA, HEIN ! EST-CE QUE JE T'EMMERDE QUAND TU MINAUDES SEULE AVEC DAICHI ?
MAIS...
PAS DU TOUT... ON T'ATTENDAIT !
MENTEUSE !

RECULE DERRIÈRE MOI...
IL EST IVRE.
VAUT MIEUX RETOURNER À L'INTÉ-RIEUR.
TU VEUX ME QUITTER POUR LUI, C'EST ÇA ?!
MÊLE-TOI DE TON CUL TOI !

PAUVRE IDIOTE !
TU CROIS VRAIMENT QUE CET ABRUTI... VA RESTER AVEC TOI QUAND IL DÉCOUVRIRA UNE PAIRE DE COUILLES DANS TON SLIP ?!
HEIN ?
QU'EST-CE QU'IL RACONTE ?

T'ES UN MEC ?
POM
ZUOOOOO...

Chapitre 12
CICATRICES

ZUOOOOoo...

18:35
Koichi
5 Appels en absence 18:34
Aiko
3 Appels en absence 18:30
BRR BRR

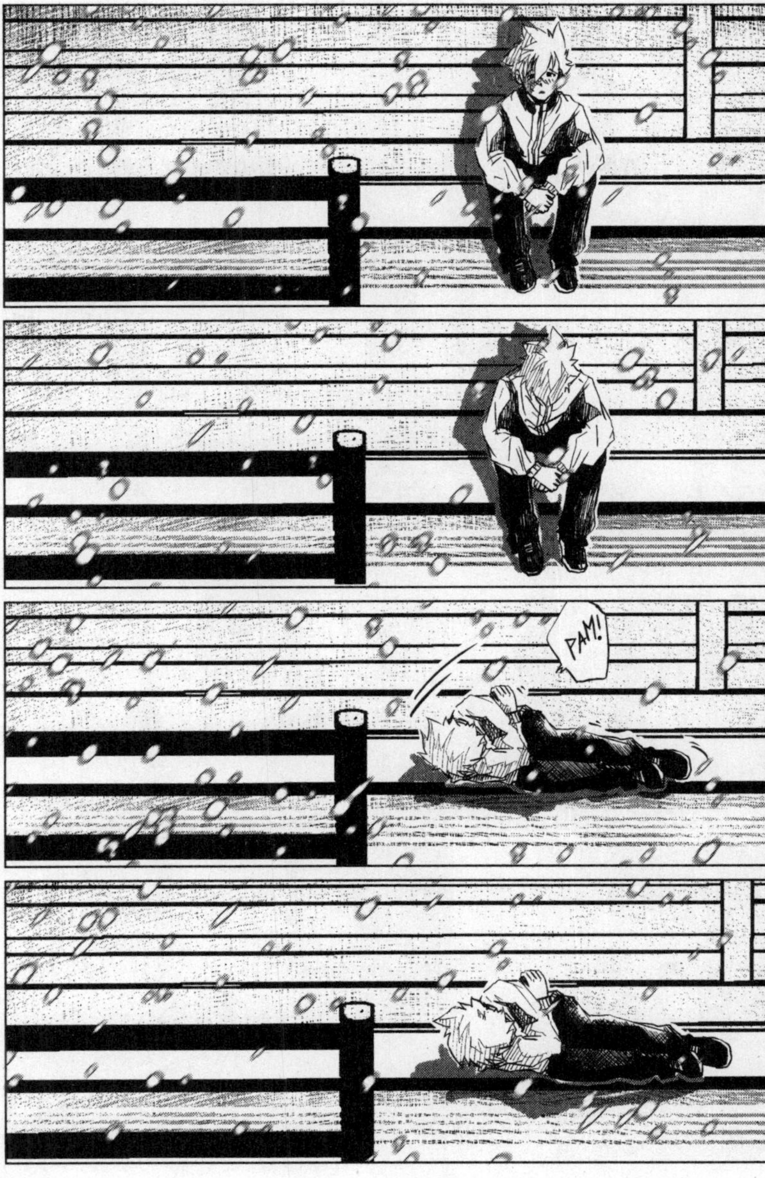
PAM!

IL NE DÉCROCHE TOUJOURS PAS.
ALLEZ-Y SANS MOI.
MIEUX VAUT ALLER LE CHERCHER.
QU'EST-CE QUE TU FAIS AVEC TON SAC, AKIRA ?

JE...
JE M'EN VAIS.
NAN MAIS ATTENDS.
ON VA RETROUVER KYONOSUKE ET ON RENTRE À LA MAISON.
JE RENTRE CHEZ MOI...
D'OÙ JE N'AURAIS JAMAIS DÛ M'ENFUIR.
IL NEIGE TROP FORT !
TU VAS FAIRE COMMENT ?
TU PEUX PAS PARTIR TOUTE SEULE !

AKIRA !
TOUT PEUT ENCORE S'ARRANGER.
ON VA RETROUVER KYONOSUKE ET VOUS ALLEZ VOUS PARLER, TU VERRAS.
NON, C'EST FINI.
J'AI FUI LA MALTRAITANCE DE MA FAMILLE...
CE N'EST PAS POUR REPRODUIRE ÇA AVEC QUELQU'UN D'AUTRE...
VOUS AVEZ ÉTÉ TOUS LES DEUX GÉNIAUX...
JE NE VOUS OUBLIERAI JAMAIS.

PAM.
AKIRA !
AKIRA !
KOICHI...!
LAISSE-LA !
MAIS AIKO...

ON NE PEUT TOUT DE MÊME PAS LA LAISSER PARTIR SEULE !
IMAGINE CE QU'IL PEUT ARRIVER À UNE GAMINE DE SON ÂGE !
ET ELLE VA VIVRE OÙ ?!
ET AVEC QUEL ARGENT ?
ELLE EST PLUS MÛRE QUE TU NE LE CROIS.
ET ELLE A DES PROBLÈMES À RÉGLER AVEC SA VRAIE FAMILLE.
AVEC TOUTE CETTE NEIGE QUI TOMBE...
... CE N'EST PAS POUR AKIRA QUE JE M'INQUIÈTE...
MAIS POUR KYONOSUKE.

AKIRA A DIT QU'ILS ÉTAIENT AU KARAOKÉ JUSTE AVANT.
COMMENÇONS PAR LÀ ALORS !
ÇA TOMBE VRAIMENT FORT.

J'ESPÈRE QUE...
CET IDIOT NE FAIT RIEN DE GRAVE.
KYONOSUKE.
RÉVEILLE-TOI.
TU DOIS ME SUIVRE.
HEIN... ?

BONJOUR, NOUS CHERCHONS UN GARÇON DU NOM DE KYONOSUKE.
VOUS NE L'AURIEZ PAS VU ? IL EST VENU ICI AUJOURD'HUI.
IL A UNE CICATRICE SUR LE VISAGE FACILE À IDENTIFIER.
JE NE L'AI PAS VU.
MAIS UN DÉTECTIVE PRIVÉ M'A DÉJÀ QUESTIONNÉ À SON SUJET AUJOURD'HUI.
IL CHERCHAIT AUSSI UNE FILLE.
ÇA SENT MAUVAIS.
TRÈS MAUVAIS.

BRR ! BRR !
AIKO ! UN MESSAGE D'AKIRA !
ELLE M'A ÉCRIT OÙ SE TROUVE KYONOSUKE !

VOUS ÊTES QUI ?
QUE SE PASSE-T-IL ?
TU DOIS M'ACCOMPAGNER.
LÈVE-TOI.
JE DOIS TE RAMENER CHEZ TOI OÙ T'ATTENDENT TES PARENTS.
AAAH ! LAISSEZ-MOI !

LÂCHEZ-MOI !
LÂCHEZ-MOI ! LÂCHEZ-MOIII !!!
JE VEUX VOIR AKIRA !
AKIRA ! AKIRAAA !!!
AKIRA ! AKIRAAA !!!
VOUS, LÀ !
LAISSEZ CET ENFANT !
AIKO !
KOICHI !

CE TYPE NE VEUT PAS ME LÂCHER !
AIDEZ-MOI !
AIDEZ-MOI !
AIDEZ-MOIII !!!
C'EST DONC VOUS, LES COMPLICES DE CETTE FUGUE ?
IL SERAIT JUDICIEUX POUR VOUS DE ME REMETTRE AKIRA.
NE ME FORCEZ PAS À APPELER LA POLICE.
AKIRA EST DÉJÀ PARTIE...
ELLE A DÉCIDÉ DE RETOURNER CHEZ SES PARENTS.

ELLE A EU UNE VIOLENTE DISPUTE AVEC KYONOSUKE...
ET ELLE A DÉCIDÉ DE LE QUITTER.
BIEN, JE VAIS M'ASSURER AUPRÈS D'EUX QU'IL RENTRE BIEN SAIN ET SAUF !
À QUELLE HEURE EST-IL PARTI ?
CELA DOIT FAIRE 30 OU 40 MINUTES.

VOUS ALLEZ DEVOIR M'ACCOMPAGNER.
BIEN...
ÉVIDEMMENT.
OUI, IL EST BIEN AVEC MOI EN CE MOMENT.

JE L'AI RETROUVÉ ENDORMI DANS LA RUE.
MAIS IL VA BIEN, NE VOUS EN FAITES PAS.
IL EST JUSTE UN PEU IVRE.
RIEN DE GRAVE, VRAIMENT.
OUI, NOUS SOMMES EN ROUTE.

ENTENDU.
MERCI.
C'ÉTAIT QUI, CHÉRIE ?
IL A RETROUVÉ KYONOSUKE !

KYONOSUKE...
JE... JE VOULAIS QUE TU SACHES QUE...
JE... JAMAIS JE NE...
ON NE T'OUBLIERA JAMAIS, KYONOSUKE.

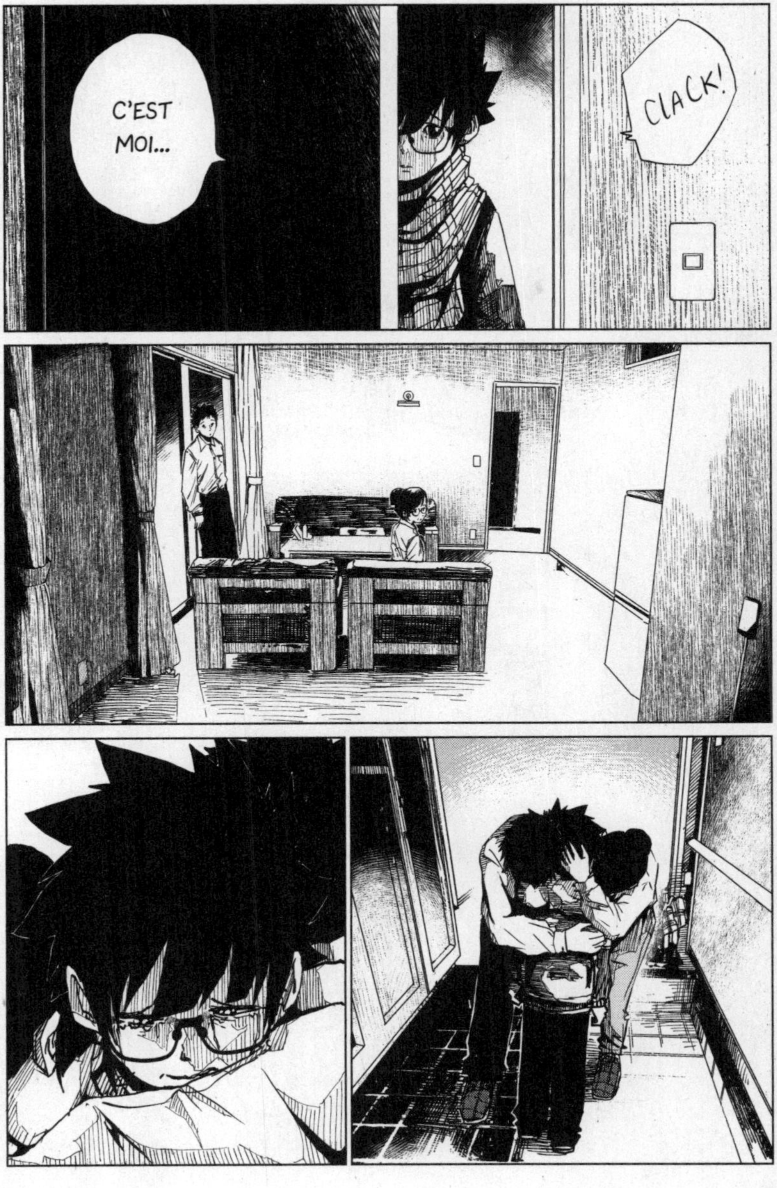
CLACK!
C'EST MOI...

AKIRA...
J'AI TOUT DÉTRUIT...

JE SUIS DÉSOLÉ.
SI TU SAVAIS COMBIEN JE SUIS DÉSOLÉ.

ET MAINTENANT, UN CONCEPT TRÈS IMPORTANT DU PROGRAMME DE CETTE PREMIÈRE ANNÉE DE MASTER.
LE « PONT THERMIQUE ».
IL S'AGIT DE POINTS SITUÉS SUR LES FAÇADES OU LES TOITS...
Akira_007
27 Post 71 Followers 221 Following
Following
... QUI TRANS-METTENT PLUS FACILEMENT LA CHALEUR...
... QUE DANS LE RESTE DE LA STRUCTURE.
Following
CELA PEUT S'EXPLIQUER PAR LE FAIT...
... QU'ILS SONT FABRIQUÉS DANS UN MATÉRIAU PLUS CONDUCTEUR.

PAS ELLE !
NI ELLE !
C'EST PAS POSSIBLE.
MAIS PUTAIN, TU ES PASSÉE OÙ...
... AKIRA ?

À SUIVRE

CICATRICES par Brandon ARIAS
VOLUME 2

Editions VEGA S.A.S. : 57, rue Gaston Tessier, CS 50061, 75166 Paris Cedex 19.

TRADUCTION Frédéric Toutlemonde
ADAPTATION Candice Corbeel
CORRECTIONS Juliette Lemaitre
MAQUETTE Léa Ellinckhuÿsen

COVER DESIGN Ayumi KANEKO
DIRECTION DE COLLECTION Frédéric Toutlemonde

ISBN 9782379503894
Dépôt légal : Octobre 2024

Achevé d'imprimer en Italie en Septembre 2024 par L.E.G.O. Spa,
Via Galileo Galilei 11, 38015 Lavis (Trento)
Suivez-nous sur Facebook / Twitter / Instagram